AF458122

ÉDITIONS POPULAIRES

LE PROSCRIT ET LA FRANCE

VISION ET RÉALITÉ

MAL ET REMÈDE

PAR

FÉLIX PYAT

AVEC LE PORTRAIT DE L'AUTEUR

NOVEMBRE 1869

Prix : 40 centimes

PARIS
A. PANIS, LIBRAIRE-ÉDITEUR
52, RUE LAFAYETTE, 52

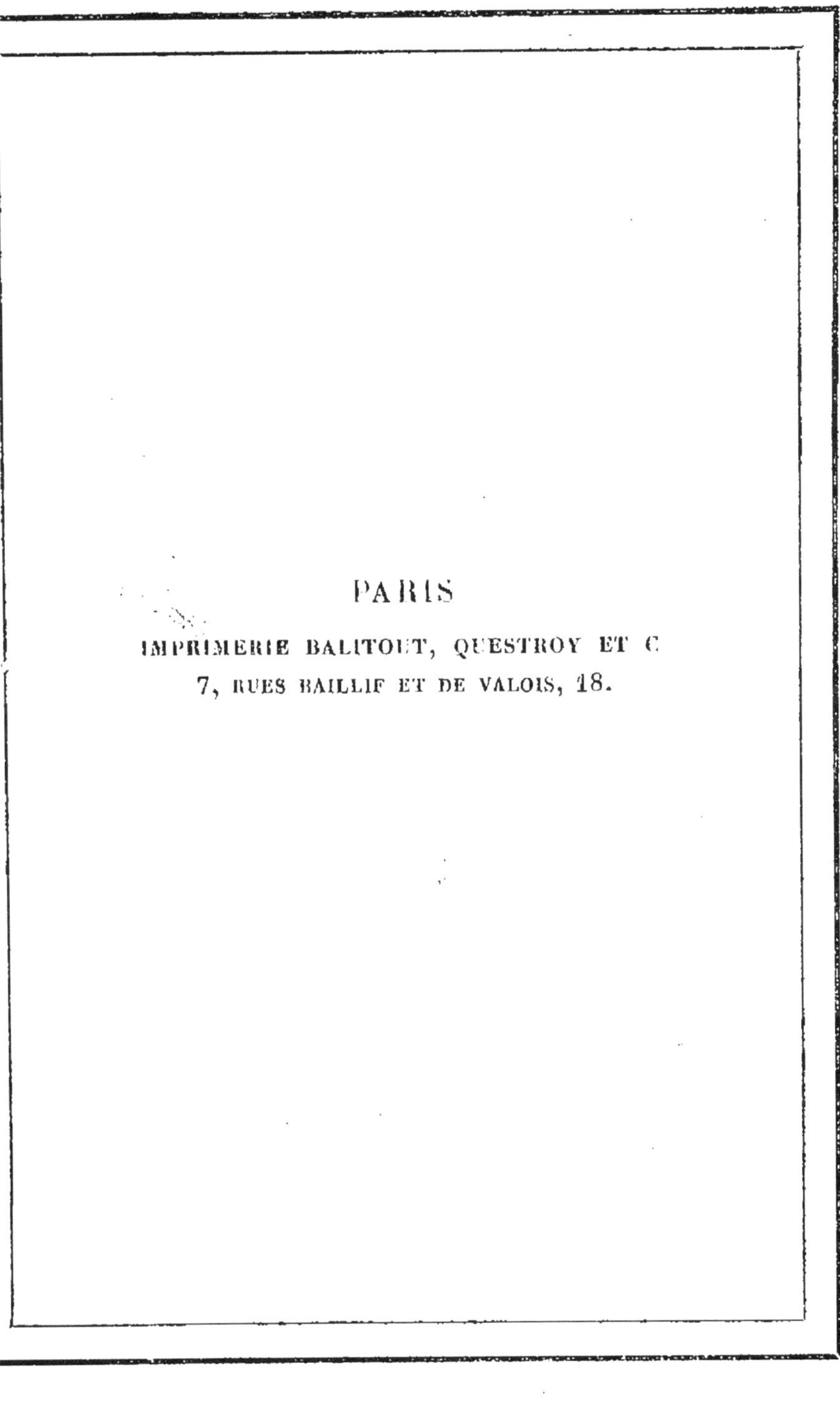

PARIS
IMPRIMERIE BALITOUT, QUESTROY ET C
7, RUES BAILLIF ET DE VALOIS, 18.

LE PROSCRIT

ET

LA FRANCE

PARIS

IMPRIMERIE BALITOUT, QUESTROY ET Ce

7, rue Baillif et rue de Valois, 18

ÉDITIONS POPULAIRES

LE PROSCRIT
ET
LA FRANCE

VISION ET RÉALITÉ

MAL ET REMÈDE

PAR

FÉLIX PYAT

AVEC LE PORTRAIT DE L'AUTEUR

NOVEMBRE 1869
Prix : 40 centimes

PARIS
A. PANIS, LIBRAIRE-ÉDITEUR
52, RUE LAFAYETTE, 52

VISION

LA LIBERTÉ ET LE PROSCRIT

I

Le 28 juillet dernier, anniversaire d'une de nos fêtes françaises, ne pas confondre avec certaines, ma journée faite, à six heures du soir, l'heure de clôture, j'avais, comme à l'ordinaire, quitté la bibliothèque anglaise, où depuis tantôt vingt ans je demande aux maîtres de la science la raison de nos chutes. Le Dieu qui protége la France m'avait fait ce loisir encore pour cinq ans. Que faire en exil à moins qu'on ne lise? Que faire mort, à moins de vivre avec les immortels?... ne pas confondre avec certains!

J'étais revenu dans mon faubourg, notes en main, doutes au cœur, ayant maté la fatigue d'esprit par celle du corps, neuf heures d'étude par deux heures de marche. J'avais pressé mon pas déjà sénile pour gagner le sommeil et l'oubli, pour mieux fuir Juillet et France, Patrie et Liberté, tout ce qui fait sinon l'espoir du moins le souvenir, le regret et parfois le remords d'un homme qui a vu deux empires.

Hélas! oui : né sous le premier et mort sous le second! Pas de chance.

J'étais rentré chez moi, une sorte de tombe près d'un cimetière, comme il convient à un Epiménide que j'étais, dans un pauvre quartier de la banlieue de Londres. Grenier d'étudiant jadis, aujourd'hui cellule d'exilé. Le devoir et l'étude, tout le cercle dont la fin équipollait le commencement.

En même temps, de son côté, rentrait chez lui mon voisin, un ouvrier charpentier. Ce voisin, cet ami, ami inconnu, sa journée faite aussi, il revenait la veste sur une épaule, l'outil sur l'autre, aristocrate de la santé, riche de son âge, de ses bras et de son œuvre forte comme eux... Heureux, si elle eût été pour lui! N'importe! l'esprit calme et le cœur haut, libre de sa tâche, maître de sa paie, fier de son devoir en attendant son droit, heureux du moins d'être utile aux autres et à lui-même, et, providence de son microcosme, de donner aux siens le pain quotidien.

Il faisait beau par exception. Il faisait français et juillet. C'était bien dû ce jour-là. L'année anglaise se compose de trois cent soixante-cinq nuits. Beau pays pour les songes! Ce n'était pas trop pour le mort comme pour le vif d'une journée de soleil le 28 juillet. Le soleil vient quelquefois à Londres... quand il se trompe. Et alors le père du *spleen*, l'Anglais lui-même, ouvrier ou lord, grave comme le temps, sourit comme un autre. Nature humaine est la même partout. Un rayon, et la plante s'ouvre. Donc, au devant du voisin, la voisine était sortie avec ses quatre enfants. Pas d'Anglaise à moins. La plupart ont plus, et ils n'en poussent que mieux. L'arbre vient mieux en bois qu'en plaine. Les trois premiers se suivant d'aussi près que possible en âge et force, étaient accourus au père, l'aîné le soulageant bravement de l'outil le plus lourd, le cadet se contentant de la règle, le troisième ne portant rien que la puissante main qui les nourrissait tous. Les armes de la paix ne font pas, comme celles de la guerre, peur aux petits enfants. Ces durs enfants du travail ne se détournent pas des armes de leurs pères ! Chacun de ces petits courageux s'initiait à la peine selon sa force, à la peine et à la règle! Et le plus jeune, le dernier, doux fardeau de la mère, chacun le sien, était au cou de la femme comme d'une madone. Toute famille humaine est sainte. Et il n'y a d'humain que le travail, tête ou bras. Le reste, zoologie... bêtes de proie ou de joie. La sainte famille du charpentier était rentrée au foyer.

Ma tombe donnait en face de cette vie.

De ma solitude où j'étais déjà à trier mes notes, à travers le jardin en pots qui ornait leur fenêtre, je les vis tous se serrer autour d'une table dégrevée de l'impôt du sel, couverte d'une nappe blanche de Preston, chargée d'une théière de Sheffield et de la faïence nationale à rosesbleues, pavée de pain carré et de beurre frais pour les jeunes, avec une tranche de viande et une pinte de bière pour le héros. La femme debout coupait, versait, en mère, égalisait, malgré le droit d'aînesse, tartines et tasses ; tandis que l'homme assis se délassait le corps en s'occupant l'esprit et le cœur, lisant son journal dégrevé de l'impôt et tenant à son tour le bébé sur ses genoux ; attendant en père que les petits fussent servis, pour commencer, jouissant enfin du repos et du repas gagnés, de la propriété sans vol, du travail sans grève et de la santé sans graisse. Heureuse famille du travail, resplendissante comme le métal de ses outils, transfigurée dans la gloire du soleil couchant, reflétant comme un rayon de l'éternel amour que lui jetait d'en haut le céleste ouvrier.

Cette vue m'arracha un cri d'angoisse.

Et quoi qu'il coûte à l'âme de se découvrir, j'avoue que devant ce coin d'Eden, ce bonheur du foyer domestique, voyant mon âtre froid et ma chambre vide, mes yeux d'ombre retrouvèrent une larme et mon cœur une envie... une envie de Faust. Je pensai à la famille absente, à la patrie lointaine, à tous ces biens perdus pour une cause vaincue, et je pleurai. Puis, voulant écarter ce mirage, ce calice, je me raidis de mon mieux contre cette suprême tentation, me rattrapant à la grande famille, à la grande patrie, à l'humanité, qui, hélas! comporte les petites; bref, me consolant, m'endurcissant par l'idée du devoir et de la lutte, reprenant les armes de la cause vaincue, mais invincible, me remettant à l'œuvre avec rage, si bien qu'enfin lassitude et sommeil survinrent et je tombai les yeux clos sur mon papier.

Je dormais, une vision m'apparut. Ma chambre s'agrandit et s'illumina soudain de toutes les couleurs du prisme, et je revis devant moi la grande idole, la foi de mon jeune âge, la raison de mon âge mûr, le culte de toute ma vie, avec son nimbe d'or, comme je l'avais vue jadis au 24 février et au 28 juillet dans le grenier de mes vingt ans: la Liberté! Il n'y avait que moi de vieilli. Elle, la même! C'était bien toujours la Minerve d'Athènes, telle qu'elle est née de la tête d'Homère et de la main de Phidias, descendant du Parthénon dans toute sa jeunesse de déesse des hommes, dans toute sa majesté de reine des peuples. Seulement, je pouvais la contempler sans éblouissement. Elle n'avait plus l'exaltation qui nous ravissait tous dans ces jours fastes, cet enthousiasme sublime que Rude a fixé sur l'Arc-de-Triomphe. Son drapeau était ployé comme ses ailes. Son front voilé; son œil de feu tempéré par une larme... un astre sous un nuage. Elle semblait péniblement émue, plus attristée qu'irritée, avec plus de douleur que de colère dans le regard, plus de regret que de reproche dans la voix, une Pitié de Michel-Ange ou d'Albert Dürer, une déesse en deuil d'un monde.

Me touchant de son doigt de marbre :

— Tu dors? me dit-elle.

— Dormir est le bon temps de l'exil! J'essaie la mort. Heureux qui repose, a dit Luther.

— Luther l'a dit des morts. Le mort seul a droit au repos.

— Je le suis pour cinq ans. Laisse ton vieux serviteur en paix ce temps-là.

— Oui, tu es vieux comme ton aïeule la vieille Europe qui se meurt, comme le vieux malade, le peuple français, ton père! N'importe, et raison de plus pour agir! Rien de fait, tant qu'il reste à faire! Debout!

— Que veux-tu donc encore de moi?

— Représentant du peuple, du peuple libre, mon peuple alors, il y a vingt ans, sous la République, à la Constituante, je t'ai chargé de dire à la tribune : « La présidence, c'est la monarchie. »

— Oui, je m'en souviens trop. Je n'ai été que trop bon prophète, grâce à toi. J'ai dit : « La présidence, c'est la monarchie votée, plus forte par l'élection que par l'hérédité. » Tu m'as soufflé cette prédiction... accomplie malheureusement,

— Eh bien! j'ai une dernière commission à te donner avant de te congédier, j'ai à te faire dire cette autre vérité : « La monarchie, c'est la mort! »

Je tressaillis.

— Tu oublies, lui dis-je, que j'ai la bouche fermée pour cinq ans.

— Tu comptes sans la clémence d'Auguste.

— Ah! mais si la clémence m'arrête au premier mot.

— Tente toujours.

— Mais, serais-je mieux entendu?

— Pas tant de mais. Tu auras fais ton devoir une fais de plus. Lève-toi.

J'obéis.

— Vos pères, s'écria-t-elle, avaient bien raison de dire : la liberté ou la mort! car, tu m'entends, la monarchie, c'est la mort! et tu vas le voir. Tu rêvais là tout éveillé; avant de t'endormir, tu baillais, comme un doctrinaire, au leurre constitutionnel. A travers l'estompe anglaise, tu t'extasiais tout à l'heure sur cette tente patriarcale, pleine d'ordre et de vie, sur cet intérieur animé et paisible, un modèle; sur cet honnête ouvrier si actif, si rangé, un type, sur ce héros de la paix, si *respectable,* comme on dit ici, si haut à ses propres yeux et aux tiens. Elever une famille à la sueur de son front est le premier honneur de l'homme. C'est le but et le prix du travail. Et tu admirais! Tu enviais même ce digne ouvrier payant sa dette à la famille, à la patrie, à l'humanité, cet ouvrier heureux, un merle blanc, qui t'a rendu jaloux. Myope, regarde et vois mieux! En ce pays de caste comme l'Inde, en ce pays de sauve-qui-peut, ennemi de toute égalité, et, sous ses mômeries, plus inhumain que la Chine, en ce pays qui compte trente mille propriétaires sur trente millions d'hommes, comment l'ouvrier s'appelle-t-il? Mécanique. Et l'or, son maître, comment? Souverain. Et le bras de l'ouvrier, en justice, combien vaut-il? Cent sous. Et le doigt du maître? Cent louis, comme au bon temps du roi Alfred-le-Grand. L'or règne et gouverne plus dur que le fer. Maître et machine... huilée tant qu'elle sert. Ainsi, cette sainte famille et sa providence, cette aristocratie de santé, cette richesse de bras, cette dignité et sérénité d'un jour, tout ce paradis éphémère et précaire comme tout paradis, cette grâce d'une heure, un peu comme ta grâce, tout cela ne vaut pas une pomme qu'un lord paie dix francs; tout cela pend à un fil. La moindre guerre, la moindre crise, moins que ça, la moindre fièvre et la machine craque; et le fier ouvrier tourne en *mob*; tout ce vif petit groupe, base des plus grands, en poudre; tout cet honneur et bonheur, à bas; tout ce noble ménage à fleurs bleues, monté à tant de frais et d'épargne, si précieux et si cher d'efforts et de souvenirs, en pièces; filant meuble à meuble au mont-de-piété, l'anneau de mariage le premier, nappes, draps et langes du blond, ensuite! puis le gagne-pain, les outils, tout y passe, jusqu'aux bras, gage dernier de l'amphithéâtre. Oui, l'hôpital et le mont-de-piété et le *work-house*; entre les deux, tout l'enfer; c'est leur sort.

— Pauvres gens! et tout le ciel au riche!

— Admire-les maintenant, au sein de la charité royale, au lazaret, séparés des leurs, mêlés à d'autres mêmes lépreux, couchés ou plutôt tassés ensemble dans des chambres, non, dans des fosses communes, à murs et à toits crevés, qui permettent l'air, non, le froid; n'ayant pas quatre pieds cubes d'air à respirer par tête, avec le baquet, la peste et la Bible en commun, rongés par la vermine de toute taille, poux sur les vivants, mouches sur les malades, vers et jusqu'aux rats sur les morts. Voilà. L'azur se fonce! La Charité accouchant de la Mort. C'est une perfection constitutionnelle. C'est monstrueux, mais pratique. Il faut détourner les pauvres du *work-house* et le vider. Ça coûte aux lords.

— Pauvre peuple!

— C'est sa faute. Ce peuple m'a connu un temps et il en garde un reste. Charpentier est maître là dans sa maison, tant qu'il paie sa rente au lord. Pas de livret et peu de police! mais il a couronne et *couronnettes*, une royauté et compagnie, c'est à dire constitutionnelle, l'atlantide des académiciens, peu mieux que l'absolue. Une échelle de Jacob, anges, archanges et dominations du ciel, de la terre et du coton, la triple féodalité. Je lui avais envoyé Milton,

Hampden et autres. Je l'avais délivré de ses rois et de ses lords. Mais il les a repris avec acharnement, la Bible à la main. Il est damné. Il a une royauté-papauté comme à Rome, chose protestante qui ne vaut guère mieux que la catholique, Saint-Paul au lieu de Saint-Pierre, peu de choix, la chose temporelle et spirituelle à la fois, tenant un bâton pour crosse, et pour sceptre un fouet, une papauté-royauté de race étrangère comme de juste, c'est le lot de tout peuple qui me laisse; une royauté-papauté à mamelles pour l'instant, mère d'une famille d'une douzaine au moins de petits papes-rois, et qui, au nom de la famille et de la religion, de la morale et de la société sépare les enfants de la mère, le mari de la femme dans ce *work-house*, la prison du plus grand crime anglais, misère! Quand un de mes sages a dit: Pauvreté n'est pas vice, c'est bien pis! il avait vu ce pays. Travail et mariage, paupérisme et divorce. Le mariage chôme comme l'ouvrage. Et, sanglante ironie, le *work-house* s'appelle Union! oui, comme l'Angleterre s'appelle joyeuse! Joyeuse, à Windsor, sans doute! mais au *work-house?* Union de peines! Cette papauté-royauté méritait d'être veuve ou vieille fille, comme Elizabeth, la vierge mère de cette loi! *God save the Queen!* Continuons. Il a, ce peuple, les évêques de cette papauté, prélats chrétiens recommençant les *latifundia* payens, cardinaux anglicans qui vont comme les œcuméniques, en carrosse à quatre chevaux, quand les pieds de leur Christ vont nus; qui se liguent pour protéger les chiens, laissant Dieu protéger les pauvres; qui évincent de leurs terres les âmes, aimant moins être pasteurs d'hommes que de bœufs! meurent les âmes et vivent les bêtes et la reine! ça paie mieux. C'était bien la peine d'être réformés! Il a enfin les ministres de cette royauté, des réformistes pourtant, des libéraux, des radicaux, des quakers même, qui pouvaient le sauver! Ah! bien oui, comme les autres, comme les plus vieux torys, ils rendent à Dieu ce qui appartient au peuple, découvrant saint Paul pour couvrir saint Pierre, partageant entre les seigneurs des deux églises, le patrimoine d'un peuple qui meurt de faim. Cinq cents lords à la Chambre des Pairs, et deux millions de pauvres au *work-house*. Calcule combien de pauvres pour faire un lord! quatre mille, n'est-ce pas? Eh bien, ton beau charpentier, demain, sera un de plus.

Tout ce peuple, s'il ne relit pas Milton à temps, finira de même avec le catholicisme, au besoin, par l'extrême-onction!

Malheur aux peuples qui m'abandonnent. La monarchie, quelle qu'elle soit, d'or ou de fer, sabre ou sac, c'est l'ennemi, c'est le maître, c'est la fin de l'ordre et de la paix, de l'œuvre et de la vie, de la famille comme de la nation! La monarchie, c'est l'étranger! la monarchie, c'est la mort!

Suis-moi!.....

Et je me sentis enlevé sur ses puissantes ailes et transporté d'Angleterre en Italie, de la maison de l'ouvrier dans le palais du roi.

—Vois, dit-elle! Ici noces et festins, tripots et clapiers, encens et tabac! corruption compliquée de procession, régime catholico-monarchique. La religion ne fait rien à la royauté. Même charnier!

Ce peuple ressuscité, ce Lazare exhumé à qui j'avais envoyé des hommes aussi, Mazzini, Pisacane, Milano, pour rompre ses bandelettes, pour déchirer son double suaire royal et papal, ce peuple devait reprendre son glorieux passé, renaître une troisième fois, recommencer une troisième vie. Car je lui en avais déjà donné deux, la première à Rome jadis, et la seconde à Florence, à Pise, à Gênes, dans toutes ses belles républiques. Mais ce peuple m'a préféré qui? Un roi, un Savoyard, genre anglais, tempéré, sinon tempérant, espèce porcine, un de ces *sires* à l'engrais que les fauves nommaient autrement, un roi de basse-cour, roi de gras double, sans cœur et tout ventre, « gros, gras et bête, » et traître, et sale de vert-de-gris, de la poussière de ses déroutes et du sang de ses trahisons, une majesté à charte et à trogne, se vautrant dans l'auge aux millions, barbotant les lingots et liardant, comptant, dans sa reconnaissance royale, les grains de blé que son peuple met sous la meule, les grains de raisin qu'il met sous le pressoir, les brins de tabac qu'il met dans sa pipe. C'est bien fait. Magnifique peuple qui donne la fleur à qui lui prend le son! Famélique peuple qui nourrit sa misère avec son ignorance, qui distrait sa faim avec des amulettes et des escopettes, ne vivant que d'eau bénite et d'hostie faute de pain, bon pour faire des brigands et un roi, et quels brigands! quel roi! veux-je dire? le moins brigand des rois assurément; un roi marmotte, un roi mormon. Salomon moins la sagesse, David moins les psaumes, aux ordres de ses maîtresses et de son maître, roi-valet dans le jeu de cartes d'un parvenu, valet de bourreau aidant au supplice de Monti, un roi galant homme, rationel, patriote, citoyen, la meilleure des républiques frappant l'Italien qui lui donne son trône, servant l'étranger qui lui prend sa capitale, un roi constitutionnel enfin, le meilleur des rois, gardant le Pape et assassinant Garibaldi. Vive le roi!

Malheur et honte aux peuples qui m'abandonnent. La monarchie c'est l'étranger! la monarchie, c'est la mort!

Viens, viens vite! cette royauté sent.

Et de Florence, nous étions à Madrid.

— Il était libre aussi ce peuple-là! dit-elle. Enfin! le minable! le dernier moribond que j'ai visité. Je lui avais aussi envoyé mes fils, Orense, Castelar, et Garrido. J'avais brisé son double carcan, chassé ses deux vampires, princes et prêtres, et voilà que l'incurable mendiant reprend sa noble besace et retend sa fière main de gueux, et cette fois pour mendier aux portes un roi comme un sou, et pour comble d'honneur il est refusé. Allez, bon vieillard, on ne peut plus vous rien faire, on vous a déjà donné! Les grenouilles crient en vain : Un pauvre roi, s'il vous plaît! Point de grue qui veuille de cette mare! Refusé par toute la Bohême des princes à pied, par les Jérômes disponibles, surnuméraires, fils de traîtres et de bigames, imparvenus ou descendus! Refusé comme un os par ceux qui mangent tout, même par le Portugal! Refusé par un Cobourg et refusant un Bourbon. Pourquoi, ô besacier difficile? Le Bourbon se présente si bien, Chassepot à la main, renvoyé avec de l'or et revenant avec du plomb, — quoi de mieux? vous l'avez voulu, — et en somme capable comme un autre de changer les couvents en *work-house*, et tout aussi étranger à l'Espagne qu'un Cobourg! Arrache à la science le mot de ces énigmes. Explique-toi, si tu peux, cette manie des reptiles pour les grues, cet amour des peuples pour les rois et les rois étrangers. C'est pour ça qu'ils sont si bien portants; traités chacun selon sa nature et le bon sens. Il en est des rois comme des prophètes. Aucun de son pays. Tous podestats. C'est curieux. L'Espagne quête Allemand, Français, Grec, Juif, Turc et Maure, tout plutôt qu'un Espagnol et plutôt le dernier Espagnol que moi! L'Italien a voulu un Savoyard; le Belge un Cobourg, comme le Portugal. L'Anglais même, si exclusif, si insulaire, a pris un Guelfe; la Grèce un Danois; la Russie un Germain; l'Autriche un Lorrain. Il n'y a guère que la Prusse qui ait un Prussien, et encore bien mêlé! Quant à la France, à elle la médaille en cela comme en tout. Dieu protége la France! Elle s'est éprise d'un charme doublement étranger, la vertu Corse et la grâce Batave. Elle n'en fait pas d'autres. Elle s'en trouve toujours si bien. Le sang des Médicis lui a valu Saint-Barthélemy et Saintes-Dragonnades. Les Bonaparte deux coups d'Etat et deux invasions. On peut bien dire que ce qu'il y a de moins français en France c'est le roi, si ce n'est la reine, Autrichienne, Espagnole, etc. Et on appelle leurs enfants enfants de France. Mère d'Autriche, père Corse, et voilà un enfant de France! Il est vrai qu'il meurt à Vienne! Résous donc tous ces problèmes par ce mot : Tout peuple que la liberté ne gouverne pas est gouverné par l'étranger! L'Espagne même finira par en trouver un!... pour sa peine Vive le roi!

Malheur aux peuples qui m'abandonnent! La monarchie c'est l'étranger. La monarchie, c'est la mort!

Suis-moi une dernière fois!

Et d'Espagne nous étions en France... à Paris; mon cœur bondit.

III

— Attention là ! me dit-elle. C'est ici que tu es le plus intéressé. C'est le quatrième grand peuple monarchique de la vieille Europe. Je ne compte pas le Turc, un cadavre; le Russe, un enfant; ni même le grand Allemand, resté en moyen âge, en Babel gothique, en peuplades, grâce à ses princes. C'est donc ici notre dernière course et ma dernière preuve, la plus triste, mais la plus forte, que tous les peuples d'Europe sont voués à la même mort par la même cause ! Tous, entends-tu, moins un, le plus petit, la Suisse, en vigie sur ses monts, pour crier à tous, en trois langues, qu'ils peuvent, s'ils veulent, vivre tous libres comme lui. J'ai commencé par l'Anglais, qui du moins a gardé mon ombre ; mais en France, pour finir, plus trace de moi ! Et c'est là que tu as affaire. C'est là que le mal est le pire; car, tu l'as dit : c'est la monarchie votée, c'est l'empire !

Sur ce mot, sa voix s'affecta sensiblement.

— S'il y a un peuple que j'aie aimé au monde, dit-elle, c'est celui-là. C'était mon peuple d'élection et de prédilection. Je dois dire mon peuple bien-aimé. J'avais mis en lui toutes mes complaisances et mes espérances. J'aimais tout de lui, ciel, sol, race, son sens si fin et si fort, son cœur franc comme son nom, Franc dit libre ; sa langue claire et vive et bonne comme son vin, la seule langue qui fasse de l'égoïsme une faute, qui place le *tous* avant le *moi* et n'appelle pas l'ouvrier *mécanique* ni l'*or* souverain. J'aimais jusqu'à ses défauts. Caprice, faveur, erreur, j'aimais ce peuple bon enfant, comme il se nomme ; sa bonne humeur, son franc parler, son doux-vivre et sa libre-pensée, sa nature téméraire et sociable, militante et humaine par excellence ; son génie mixte et souple, mobile et progressif, doué de tous dons comme son sol de tous fruits, unissant les extrêmes, ni chevalier, ni boutiquier, ni Don Quichotte, ni Robinson. J'aimais ce Figaro, fit-elle, d'un demi-sourire et d'un demi-soup r. Du moins je le voyais, je le voulais ainsi, premier citoyen de la grande cité ! et je l'avais choisi entre tous dans le monde moderne pour éclairer et délivrer les autres avec lui.

— Tu le veux encore.

— Ecoute sans m'interrompre.

Alors le courroux domina le chagrin. Elle reprit :

— Tu sais comme je l'ai pris. Je l'ai trouvé plus bas que terre, au fond de l'esclavage, le dernier des serfs, n'ayant plus figure humaine, à quatre pattes sur la glèbe, disputant l'herbe à la brute, foulé aux pieds de trois maîtres, roi, noble et prêtre. Je l'ai relevé, décrassé, couronné. De rien je l'ai fait ; de ver, roi. Un tour de force de mon amour. Je l'ai fait maître de lui, l'exemple, l'envie et l'espoir des autres ! Je lui ai tout donné, l'idée et l'action, le livre et le glaive. Je lui ai envoyé ce que j'avais de mieux, mon élite en tout, mes plus grands penseurs, et mes plus grands héros. Je lui ai tout révélé, tout prodigué en folle profusion : l'esprit de Voltaire et le cœur de Rousseau, la plume de Camille et la voix de Mirabeau, l'audace de Danton et la vertu de Robespierre, jusqu'à la haine de Marat!... et ce que la jeunesse de Sparte n'eût pu produire de plus pur, l'honneur de Hoche et de Marceau. Je l'ai fait plus que roi,... Moïse de l'ère nouvelle. Je lui ai dicté au milieu des tonnerres et des flammes de sa montagne, les tables de la nouvelle loi, le dogme de l'avenir : Liberté, Egalité, Fraternité, et il m'a reniée, répudiée, oubliée!

Je poussai un gémissement, elle poursuivit d'un ton plus acerbe.

— J'ai recommencé. Je m'y suis reprise à deux fois pour le ramener. Je lui ai renvoyé l'audace de Manuel, la raison de Constant, la passion de Courier, la logique de Carrel et l'amour de Lamennais, la vie de Barbès et la mort de Baudin. Je ne me suis pas contentée des meilleurs exemples. Je lui ai montré les pires, les ilotes ivres après les héros, ivres de sang, de vol et de boue, crimes, vices et hontes, Judas, larrons et cuistres assassins, coquins et faquins, les figures, les repoussoirs des Morny, des Baroche et des Rouher! Exemples ou leçons, hommes ou monstres, statues ou bornes, rien n'y a fait! Il est revenu à son vomissement!

Il y est revenu obstinément comme l'infidèle juif au veau d'or et au joug. Il me dégoûte. Je ne sais plus comment m'y prendre, ni par où piquer le vif sous sa gangrène. Le fer rouge faillit. J'ai espéré un moment, mais non je pensais qu'il me revenait, me rapportait l'hommage qu'il me doit. Point. Il n'est irréconciliable qu'avec moi. Vois-le retombé à plat-ventre dans sa turpitude, tout comme depuis vingt ans. Je ne sache pas de torpeur si longue dans toute sa vie! Vois-le amnistié, par le crime et l'amnistié par le vote qu'il tient de moi et comme si ce vote était plus fort que le droit. Vois-le, affranchi de saturnales, affranchi huit jours tous les six ans, surveillé ces huit jours et possédé le reste, se croyant perdu sans collier, marqué à l'N, assermenté à la chaîne, reprenant livrée et gage et bail de honte pour un autre lustre, espérant quoi? Consultant la cuvette d'un podagre, attendant quoi pour se relever? Un hasard, un miracle, le gravier de Cromwell, la transmutation des métaux de l'Arcadie, les 221 du vote universel; à cinq tous les six ans, ce sera long, un centenaire! Vois-le enfin le jour du message et du congé! Dans ce Corps législatif, les mots disent les choses, dans ce corps, euphémisme de cadavre, dans ce corps sans âme ou plutôt dont l'âme est au Louvre, belle âme! dans cette tribune. sans tribun, dans cette Chambre menée comme un haras à la cravache de Louis XIV, pas un écho du Jeu-de-Paume de Louis XVI! Le plus Mirabeau criant à l'inconvenance contre Dreux-Brézé. Tiens, il y a pire que de perdre son droit, c'est de le recevoir... c'est de perdre l'honneur! c'est qu'un souverain empoche l'aumône du commis, baisant la main qui lui a tout pris et ne lui rend rien, ou lui reprendra tout; l'insolente main qui de tout l'a refait rien, qui l'a remis plus bas qu'avant, plus bas que l'Espagnol. Car l'Espagne demande un maître à la liberté; et il demande la liberté à un maître! Comme si j'étais une fille de Décembre!

— Pardonne-nous cette offense mortelle!

— O peuple rationnel, qui ne croit pas à l'Evangile et croit au parjure, il n'y a d'additionnel que les centimes. De constitutionnel que le coup d'Etat, d'irréconciliable que l'opposition du 14 juillet, du 28 juillet et du 24 février. Peuple spirituel, s'écria-t-elle avec plus d'amertume encore. Figaro changé en Bridoison, qui se paie de mots et de formes et paie en or et en sang; qui croit tout sur parole et rien sur preuve; qui croit aux principes de 89 en uniforme; qui se croit un peuple libre, sous la surveillance et le serment... oui, libre comme un forçat; qui se croit un grand peuple... une chiourme peut être longue, jamais grande; qui se croit un peuple fort, et laisse les siens sous l'Anglais à Jersey, Québec et Port-Louis, comme lui-même sous le Corse à Paris, partout sujet de l'étranger; qui se croit prospère en pleine caducité, avec sa race en baisse, ses villes en ruine, ses terres en friche, l'herbe dans ses rues, la rouille aux socs et le ver aux graines, déclinant à vue d'œil, redescendant tous les degrés de la vie même physique, retournant en enfance entre ses deux moines d'Orient, le soldat et le prêtre, et la prostituée leur nonne, mourant comme les autres, plus que les autres, d'une mort complète, tout entière et sans postérité, sans même laisser les colonies de l'Anglais, pas même celles de l'Espagne, non pas même une France africaine après lui!

— Grâce! Epargne-nous! sauve-nous!

— Tais-toi: on ne m'oublie pas impunément. C'est le plus coupable de tous, le plus obligé, pouvant ce qu'il veut, le premier devenu le dernier, ayant fait de mon Paris, ce phare de vérité, le feu follet du monde, de ses filles les courtisanes et de ses fils les argousins de l'Europe, égarant au lieu de conduire, corrompant au lieu d'instruire, enchaînant au lieu d'affranchir, parlant à Rome comme au Mexique! Peuple bon enfant partageant ses fers avec les autres, dégradé, dégradant la Savoie même par son union, employant contre moi-même la force que je lui ai donnée par l'unité qu'il me doit. Tout à rebours et à contre-sens! Le monde à l'envers, et par lui qui a fait trois révolutions pour un homme! Qu'est-ce que les principes de 89? La dynastie napoléonnienne. Qu'est-ce que la démocratie? Le gouvernement personnel. Qu'est-ce que la Liberté?

La dictature. L'Egalité? La croix d'honneur. La Fraternité? Le chassepot. Tout le mal défait, refait. Pas un abus qui n'ait refleuri double. Nul omis, tous grossis. Recul et rechute en tout. Tout droit, tout bien broyé sous le char de Jaggernaut. Pour la royauté, l'empire. Pour la Bastille, Mazas. Pour Versailles, Saint-Cloud. Pour la noblesse des Montmorency, Persigny! O nuit du 4 août! Pour le clergé de Bossuet, Dupanloup! Pour les lettres de cachet, mandats, prévention, instruction secrète et Delesvaux. Pour douanes provinciales, l'octroi des villes et villages. Pour les corporations, livrets, brevets, licences, privilèges et monopoles, pas même le droit de faire son cercueil! Pour les gardes du corps, le bouquet : cent-gardes, garde impériale, municipale, mobile et champêtre, tous inviolables. Douze cent mille soldats et 89 bourreaux. Il n'y en avait que trente avant la révolution! Peuple humain, c'est le plus net du progrès. Vive l'empereur!

J'étais atterré sous ces foudres qui semblaient s'alimenter de leur propre violence. Elle redoubla :

— Peuple de conscrits, d'inscrits, de vendus et de battus, d'hurluberlus, me quittant, me reprenant, oscillant comme un pendule d'un pôle à l'autre entre révolte et servitude, panique et bravade, criant vive le roi, vive la ligne, tantôt la mort ou la messe, tantôt la liberté ou la mort, offrant des couronnes de fleurs aux victimes de juillet et des couronnes d'or aux vainqueurs de décembre. Peuples de girouettes et de pirouettes, vide et vain, pâte et cire, protée d'argile au gré de son potier, tour à tour talon rouge et bonnet rouge, frocard et soudard, lion et lièvre, mais toujours singe et cerf : ni consistance ni persistance, tout par frasque et casse-cou, tombant de chute en chute : nobles sous Louis XIV, bourgeois sous Napoléon Ier, paysans sous Napoléon III ; peuple-gamin se vengeant de ses hontes par des grimaces; peuple sauvage, enfant à tambour et trompette, marchant à la baguette sous le pompon et le chignon, n'ayant pu garder d'une triple révolution, pas un droit sérieux, ni public ni privé, aucune liberté que celle du vice, ni jury, ni presse, ni tribune, mais ayant 93 journaux de mode et la guillotine! Allons des rubans à cette femme! A lui la mode! à d'autres le monde!

— Ah! tu l'insultes! tu l'aimes encore.

— Faut-il lui dire toute la vérité. Pourquoi pas? Qui la lui dit? Les flatteurs la lui taisent, les toniques sont amers, et ces sucrés le gâtent. Je le méprise comme il est, postiche et pastiche, avec son faux air romain, faux sénat, fausse tribune, faux empereur, faux bronze, tout faux et fard, calque et charge, parodie et momie de l'antique, plagiat risible... oui à mourir; césars de plâtre, aigles de paille, plébiscites de cour et candidats de courtille; rien de vrai, de vivant, de viril; tout factice, puéril et mort; peuple empruntant, imitant, copiant, singeant tout, hors le bien, n'ayant eu d'énergie native et de vigueur française, n'ayant été lui-même, comme je le voulais, qu'une fois en sa vie, du 22 septembre au 18 brumaire, sous sa grande république, le temps de la tuer. Je le hais. La monarchie absolue a pourri la noblesse. La monarchie constitutionnelle a pourri la bourgeoisie. La monarchie impériale a pourri le peuple, tout est dit. Les portiers mangent la soupe de l'enfant de France en comptant leurs bûches et leurs bons mexicains! Peuple de braves, il achète du *trois* au lieu de poudre. L'empire l'en a dégoûté. Il ne lui manquait plus que d'être ladre et lâche! Il est mort! Adieu.

— Arrête et retire cette sentence. Lui mort, jamais!

— Pourquoi? de plus forts que lui sont morts et

il n'y a pas que lui dans le monde. Il m'a trahi deux fois, même à Paris. C'est assez, je n'en veux plus. Et ne m'accuse pas de dûreté. Quoi qu'il semble, je ne suis ni fantasque, ni volage... je suis juste... ni bégueule, ni jalouse, mais rivale des dames d'Amiens ou de Mabille, fi! j'aime qui m'aime, je laisse qui me laisse, et qui me laisse meurt! je ne quitte jamais la première et je ne boude pas. Je ne dédaigne personne, allant de l'un à l'autre forcément, prenant qui s'offre, ni difficile ni exigeante, ne tenant à rien, ni à la gloire, ni à l'or. Je donne et j'ôte tout cela, le portant dans un pli de ma robe — c'est ma dot. Elle me suit entrant et sortant. Foi, loi, race, rang, force et nombre, tout m'est égal. Je ne sais pas compter. J'aime ou je hais et je sauve ou je perds! Je ne demande en retour de mes dons que fidélité et moralité. Payens, chrétiens, pêcheurs, bergers, artistes ou marchands, pâtre des monts ou gueux de mer, pèlerins ou proscrits, peu m'importe! Je les fais rois! je les fais dieux. A des bourgades grecques ou latines j'ai donné le flambeau et le sceptre du monde, malgré les empires d'Asie. J'ai donné le verbe d'Athènes et la pique de Rome; l'arc de Tell et le *contrat* de Jean-Jacques; la mer à Venise et le Dante à Florence; le nouveau monde aux bannis. Preuve de mon pouvoir et de leur néant! Avec moi, héros et sages; sans moi, gredins et crétins! le *logos* en Coran, le capitole en Vatican et la montagne en Corps législatif! Je suis la seule source de toute lumière et de toute puissance. Par moi tout vit, sans moi tout meurt. Et ce peuple français que j'ai le plus aimé et le plus grandi, cet infidèle que je quitte à regret, ce récidiviste et relaps qui salue son César pour mourir, ira dans son ingratitude et sa peine rejoindre les autres punis comme lui, mort comme eux du mal fatal dont l'Italien est mort, dont l'Espagnol est mort, dont toute la vieille Europe mourra! Vois, il ne bouge même plus pour la Pologne. Il est bien mort. Vive l'empereur!

Malheur aux peuples qui m'abandonnent! l'empire c'est la mort.

Suis-moi, si tu veux! je passe en Amérique.

— Non, criai-je, tombant à ses genoux la face contre terre, et me collant au sol de la patrie, non, n'abandonne pas la France! ne désespère pas de nous! ne renonce pas à ton peuple! Arrête, ô Liberté, reste encore avec lui! Tente-le une dernière fois. Lui mort! la fin du monde! Impossible. Tu le connais, puisque tu l'as choisi! Tu sais ses bonds de lion et ses repos de volcan. S'il dort depuis plus de quinze ans! si sa nuit a été plus longue que de coutume! pardonne! Il lui fallait le temps de se refaire, de réparer ses forces, de renouveler son sang! Il en a tant perdu pour toi! deux saignées, coup sur coup, et quelles palettes! décembre sur juin! saignée à blanc! mais sois tranquille, il en reste. Il a la vie dure et le cœur bon. Il reviendra. Il te surprendra toi-même. N'a-t-il pas saigné ainsi toute sa vie des quatre veines pour toi, saigné aux jacqueries et aux communes, saigné à la ligue et à la Fronde, saigné aux guerres de la religion et de la révolution, saigné de mille blessures et souffert mille passions; mais revenant toujours et à l'improviste, à sursauts imprévus, inattendus, irrésistibles! Attends donc! sans lui que ferais-tu? C'est encore le seul peuple qui t'aime pour toi-même d'un amour pur, sincère, généreux et désintéressé; le seul qui t'ait honorée et servie religieusement, qui ait voulu ton règne indivisible pour tous, qui t'ait proclamée reine du monde et déesse de l'humanité. Cherche un second peuple sur terre qui se révolte pour les autres. Trouve un autre peuple plus radical, aussi dévoué, sacrifiant tout aux principes, colonies, mémoires, consciences même; trouve un autre peuple aussi républicain, moins royaliste, ayant tué trois rois et créé deux républiques, en attendant la troisième qu'il gardera! Celui qui a dit : Je ne savais pas qu'un homme eût tant de sang! qu'eût-il dit à ce peuple? Il l'a nommé soldat de Dieu! Il l'eût nommé soldat du droit, ton soldat. Va! nul n'excelle, pas même l'Américain! et les services de ton peuple pèsent encore plus que ses fautes. Si tu trouves mieux, quitte-le! S'il est mort, fée de 89, ranime-le, tu ne trouveras pas mieux. Ta douleur fait ton dépit, tu es trop fâchée pour être implacable. Tu lui reproches inconstances et défaillances. Ses faiblesses prouvent ses efforts; ses changements, son zèle, désir de te mériter, besoin d'idéal et de parfait, de tout ce que le génie humain peut rêver de meilleur, fond et forme, république ancienne et socialisme moderne, de Platon à Proudhon. Quel peuple fut plus fidèle à la révolution, à toi et à lui-même? Dis! ses défections sont ses morts! A ton tour vois et compte si tu peux : Sue, Charras, Flocon, Cournet, Ribeyrolle, Gambon, Decaudin, Deville, Delorme, les illustres, les obscurs, les femmes, Pauline Roland et ses dignes sœurs! Nos femmes même n'ont pas varié. La fosse de l'exil est comble! Et les survivants, tes vétérans, les plus vieux, sont revenus de Cayenne, pour se reposer? Non, pour entrer en prison, ton nom sur les lèvres, comme dans le cœur. Les jeunes les ont suivis dans la carrière, vaillante troupe de la *Rive Gauche*, et de *Candide*, du *Réveil* et du *Rappel*, ceux de province émulant ceux de Paris, tous fils de Voltaire, tous vrais enfants de France ceux-là, tous dignes de toi! Ah! tu peux laisser les anciens dans la poussière, tes morts sont bien remplacés! Mais ton peuple mort! Non! Quel peuple plus fort et plus mâle, plus vif et plus vert, plus plein de sève et de verve, de vie et d'œuvres, de talent et de courage de tout genre, âge et rang! l'ouvrier Colin au Mexique, l'artiste Laviron à Rome, comme l'étudiant Flourens en

Crète. se dévouant en ton nom, pour racheter le crime! L'orateur redoublant d'éloquence, l'historien de vérité pour l'accuser; le poète de rayons et d'éclairs pour le châtier; le juge déposant l'hermine, l'officier l'épaulette; le vieillard s'arrêtant de mourir, l'enfant s'empressant, hâtant de haïr, et Paris, tout Paris, ton Paris, votant comme un seul homme pour le punir.

Non, ton peuple n'est pas mort. Non, il n'est pas un corps, ni une chiourme, ni une bande. Non, il n'est pas à un capitaine, mais à toi. Il n'est pas au crime, mais au droit. Il n'est pas à un maître, mais à la liberté! Ce peuple à un homme! L'océan dans un pot. Ce peuple dans une main. Son ressort a cassé toute poigne de maître, papes ou rois! Il salue Gessler, mais il garde la flèche. Il se refait à son heure libre par sa force et fort par son droit! Ce n'est pas encore le jour, mais c'est l'aube! ce n'est plus la nuit. Le somme n'est jamais plus morne qu'avant le réveil; mais ce n'est pas la mort. Non, il n'a pas abdiqué. Non, il n'a pu absoudre Décembre. Pas souverain jusque-là! Non, il ne laissera pas le génie de la France, ce phénix, étouffer dans la cage d'un Piétri. Non, il n'attendra pas les 221 qui ne dispensent pas de la lutte! Non, il ne désappointera pas l'histoire, ni la justice, ni la morale, ni le monde qui n'espère qu'en lui! Non, il ne se contentera pas de la couronne d'Olivier, pas plus que de celle de Laurier. Il veut le découronnement! Non, il n'a rien reçu, Dieu merci! Et il reprendra tout! Il reprendra le plus sain des devoirs, sa Bible fermée au 18 brumaire, son rang et son rôle dans le monde, son balai d'Hercule pour nettoyer les tyrans! Reste-là. Il te fera une Amérique en Europe. Après la révolution des principes, après la révolution du mépris, tu auras la révolution de la conscience! Compte sur lui. J'ai entendu ta *Marseillaise*. Paris se détire. Soulève-le! Rends-lui toute sa fougue, fais aussi tes merveilles, électrise-le tout entier, bourgeois, ouvriers et soldats, électeurs et députés, tous tes libérés de 89, tout ce qui vibre toujours au nom de patrie et liberté. Fais-les tous fidèles à leur serment, fidèles à cette constitution qui déclare son auteur responsable! et fais leur crédit de trois mois à ton tour! Reste, reste avec eux jusqu'en 70! Unis, conduis, soutiens tous ces cœurs vivants, tous ces bras vengeurs! Liberté, liberté chérie, combats avec tes défenseurs! Et seuls, tes ennemis expirants verront ton triomphe et notre gloire!

— C'est bien, fit-elle en me serrant la main, dis-leur que j'attendrai jusqu'au 21 janvier.

Là dessus je me réveillai.

Et aujourd'hui, ressuscité par la clémence d'Auguste, sauf à remourir demain, je le dis.

Londres, 16 août 1869.

RÉALITÉ

—

LE RETOUR DU PROSCRIT

Après la vision la vue. Après le songe,, la réalité. — L'Anglais a une belle prière : Seigneur, faites que je puisse me voir comme les autres me voient! — Socrate a dit : Connais-toi toi-même! — Après vingt ans d'exil, j'allais revoir la France presque avec l'œil de l'étranger. Hors du tableau, on le juge mieux. Le diagnostic du mal est la moitié du remède, par conséquent du salut!

I

Le Mal

Le 13 juin a refait *Dieu*. Le 2 décembre a refait *César*. — Le 13 juin a tué la République romaine. Le 2 décembre, la République française. Victime de ces deux jours néfastes, j'allais retrouver la conséquence de ces deux crimes de lèse-humanité; revoir la victime des victimes, la France condamnée à mort par le succès des deux jumeaux du mal : le pape et l'empereur.

Inutile, impossible de dire avec quelle joie je quittai l'Angleterre... que je n'aime pas parce que j'aime la France, parce que la France lui doit un peu son double empire, l'un par la guerre, et l'autre par l'alliance.

Donc, le 22 septembre, jour dit le 1er de vendémiaire, de ce grand mois de l'égalité où le soleil, entrant dans le signe de la Balance, le peuple entra dans le zénith de son droit, le vieux proscrit, après vingt années d'absence, rentrait au pays. — Je revenais sur l'*Alexandra,* bateau très-surveillé, qui portait précieusement la fortune de César, cinq millions pour le Trésor, et le sac du proscrit. Je débarquai à Boulogne, tout comme un prétendant, mais sans aigle, sans armes, sans autre ambition que de rejoindre la patrie, la servir et y mourir.

Revoir la France! entendre de nouveau parler français! après avoir été vingt ans sourd-muet, recouvrer tout à coup un sens perdu! revivre de la parole, de la pensée, de la vie française! C'était à mourir de joie.

J'étais immobile.

Je laissai deux cents passagers prendre terre et langue avant moi; chacun passait tout de go comme lettre à la poste... sans Vandal; embrassant parents et amis, sans se nommer.

La France m'accueillit autrement. Charmante exception! Elle m'accosta tout d'abord sous l'uniforme d'un gendarme et m'interpella en ces termes :

— Votre nationalité? — Français. — Votre lieu de naissance? — Vierzon. — Votre nom? — Puisque vous me le demandez, c'est que vous le savez. — Votre nom, vous dis-je? — Félix Pyat. — Ah! ah! — Rassurez-vous, gendarme, je n'ai pas le moindre pistolet dans ma poche. Je ne suis pas prince, je ne suis qu'amnistié, et tout au plus... puisque par exception vous m'interrogez?

— C'est bien, passez! dit-il, comme s'il eût dit : Pris !

Et de rire avec d'autres! car il en est des gendarmes comme des malheurs : ils vont toujours par brigades. Ils étaient trois, sans doute pour veiller aux cinq millions.

Je ne me le fis pas dire deux fois et passai sans demander mon sac; je passai, me rappelant ce cri du naufragé à la vue d'une potence : Dieu merci, je suis sauvé !

C'est ainsi que la France et la langue française m'offrirent la bienvenue! Ma joie baissa.

La première ville qu'alors je vis, Boulogne, que je ne connaissais pas, fit encore descendre mon thermomètre.

Avec le souvenir frais des villes de mer anglaises si libres, si riches et si vives, Boulogne me sembla un cimetière; rues désertes, vertes comme pré, l'herbe plein le pavé; bourgeois rare, ouvrier pauvre, travail nul, le tout ne valant pas la peine d'être gardé; et pourtant soldats partout, disputant, non, partageant la place avec prêtres et belles, les seules plantes grasses de cette terre morbide, les champignons du coup d'Etat, la triple peste des fumiers de Juin et de Décembre. Ma joie figea.

Après tout, me dis-je, c'est une ville de province, et je montai dans un wagon qui m'emporta vers Paris, trop lentement selon mes vœux. La force impulsive que donne ce grand organe de circulation qui se nomme Londres, dans la longue artère ferrée qui le relie à Paris, s'amoindrit dès le sol français. Les employés commencent à se demander comment ils se portent; jasant par ci, flânant par là. Le temps est le serviteur de l'Angleterre, ce facteur ailé du travail, du produit et de l'échange. En France, c'est l'ennemi. Le Français tue le temps, l'Anglais l'exploite. Je sentis la circulation diminuer. Les trains devinrent moins fréquents et moins rapides, moins longs et moins pleins, comme un appauvrissement des globules sanguins dans les veines d'un homme; le pouls ne battait plus que 60 kilomètres à l'heure. Il y avait pénurie et stagnation du sang social, baisse de vitalité. Ma joie devint peine.

J'étais seul dans le wagon avec une vieille dame de mon âge, qui me demanda si elle avait bien fait de prêter au gouvernement. Pauvre femme!

Je regardai par la fenêtre pour reprendre dans les champs un peu de la joie perdue dans la ville. Que vis-je? Sol maigre, bêtes et gens idem, murs décrépits dénonçant par leur lèpre le malaise du maître, le chaume au lieu de tuile, le sabot pour soulier, le coton au lieu de laine, pain noir pour pain blanc et viande pour mémoire! Je vis des enfants de dix ans... à l'école? non, à la charrue! Et des femmes... au foyer? non, piochant la terre! Je venais de voir les hommes au café. L'habitude oublie, mais le contraste rappellé. Le fait par comparaison me surprenait, moi, venant du dehors, me semblait étrange et absurde. Je compris que la France était moins nourrie, moins vêtue, moins logée, moins active, moins vivante que l'Angleterre; et ma joie devint honte! Le Français, blasé sur ce spectacle, n'admire plus; mais pour qui revient d'un pays où l'élément civil s'est dégagé de ces deux enveloppes caduques, le prêtre et le soldat, le mal impérial et papal frappe de tout l'éclat de sa nouveauté, et cette vue crève les yeux, crève le cœur. Ma joie devint rage!

Arrivé à la gare d'Amiens, le wagon fut littéralement rempli d'uniformes. Sur mon honneur, je n'exagère pas. Trois soldats montèrent, plus un prêtre et un collégien. Noir ou bleu, toujours l'uniforme. Dans ce wagon de voyageurs français, il n'y avait qu'un seul représentant de l'élément civil, et il revenait d'exil.

Dialogue dans le wagon. Je le photographie. S'il n'est pas exact, c'est que je ne suis pas le soleil.

PREMIER SOUS-OFFICIER : J'ai dîné à Boulogne, à l'hôtel impérial.

DEUXIÈME SOUS-OFFICIER : On parle de réformer la garde impériale.

LE PROSCRIT (brutalement) : On devrait bien réformer tout ce qui est impérial. (Mouvement général.)

LE PRÊTRE : Comment ! monsieur ? mais, en France, tout est impérial.

LE PROSCRIT : Tout ? Non !

LE PRÊTRE : Comment ! non. Voyez donc : l'académie de musique est impériale ; la bibliothèque, impériale ; le musée, impérial ; le trésor, impérial...

LE PROSCRIT (l'interrompant) : Oui, mais la dette est nationale. (Sourire du prêtre.) Et le prêtre est papal. (Rire des soldats.)

Le prêtre, piqué, parla latin : *ab Jove principium*. Et, continuant son pieux galimatias, il dit que Dieu passait avant César ; que le pape était le père de tous les hommes, et la vierge leur mère, ce qui est fort pour une vierge et même pour un pape ; que les Français étaient les fils aînés de la famille. Il parla de concile universel à Rome et de procession nationale à Issoudun, la ville d'Agnès Sorel, qui n'était pas vierge. Il dit que la France était le royaume de Marie depuis Louis XIII ; que si l'empereur quittait Rome, il perdrait Paris ; qu'en attendant, le concile de Rome rendrait à Notre-Dame le 15 août usurpé par sa majesté. Quoi encore ? Qu'à la procession d'Issoudun, en l'honneur de Notre-Dame immaculée, il y avait sept cents prêtres, autant de religieuses et trois mille enfants en zouaves pontificaux, miracles et conversions en masses ; qu'il était l'humble missionnaire de l'œuvre, et qu'il avait ramassé un million pour payer la couronne de France offerte à la reine du ciel et d'Issoudun. Là-dessus, il tira de sa soutane des amulettes de plomb et d'indulgence. La vieille dame en prit une pour un franc et la mit dans sa poche avec son titre d'emprunt. Même valeur.

L'azur de Juin et de Décembre se fonçait de plus en plus. Misère et superstition ! Ma joie devint mépris.

Le prêtre et la vieille dame descendirent à Creil. Les soldats se mirent à fumer, chanter et parler sans gêne le français le plus franc de Molière, et celui même de l'*Œil crevé*, mêlant le crime de l'antin et la *Grande duchesse*, la maladie de l'empereur et l'amour ! pardon ! les amours ; disant et chantant tout, excepté la *Marseillaise*. Toute licence et nulle liberté.

PREMIER SOUS OFFICIER : Il paraît que Kinck n'aimait pas sa femme qui l'avait fait... ça s'est vu.

DEUXIÈME SOUS-OFFICIER : Ah ! les femmes ! j'en connais une qui m'attend à la gare et qui ferait cornard le diable lui-même... (*Fredonnant*) :

Les femmes et le vin
Nous font aimer...

PREMIER SOUS-OFFICIER : Et le tabac donc ? trois fiers objets de consommation et de première nécessité. Le gouvernement ne devrait pas imposer çà. (Au collégien.) Jeune homme, fumez à la fenêtre pour empêcher les vieilles femmes de remonter en wagon.

LE COLLÉGIEN : Soyez tranquille !... Nous sommes complets !

Le train se remit en marche.

PREMIER SOUS-OFFICIER : J'ai eu mes galons au Mexique. Sans Juarez, je serais officier ; mais j'espère bien rattraper l'épaulette en Prusse. Vive la guerre! L'empereur ne peut pas faire autrement.

DEUXIÈME SOUS-OFFICIER : Moi, j'ai refusé ma promotion; j'ai préféré le ruban. Plus moyen d'entretenir l'épaulette avec la solde. Il faut être fils de famille, sortir de Saint-Cyr, et avoir un revenu de supplément, ou bien aller régénérer l'Afrique, vivre sur l'Arabe.

TROISIÈME SOUS-OFFICIER : Ma foi, moi, j'ai assez du métier; j'y renonce; je m'embête du service : oisiveté, célibat, etc. On m'a refusé permission de mariage, parce que ma femme n'avait pas de dot. Je rentre dans le civil. Je veux ma liberté.

Je n'eus que le temps d'échanger avec celui-là un coup d'œil sympathique, et nous étions à Paris.

Je ne m'y reconnus plus. L'omnibus m'emmena je ne savais où, à l'hôtel du Louvre! Voisin de César! Je nageais là pour mon argent en plein césarisme, papisme et eugénisme; un déluge d'uniformes et de tricornes, de toute forme et de toute corne, Français en Turcs, fracs et frocs, pompons et chignons, casernes, couvents et cafés chantants, et tout le monde décoré!

Paris me sembla un grand Boulogne, une grande ville de province et de garnison à côté de Londres, qui compte quatre millions d'hommes et deux mille soldats! Une ville de sornettes et d'amulettes, la capitale non du monde, mais de la mode. — Ma joie devint désespoir!

Dans le salon de l'hôtel où j'entrai lire les journaux qui, entre parenthèse, me parurent flasques comme des lapins vidés, je me trouvai avec un trio d'habits noirs : un fabricant, un propriétaire vinicole et un directeur de mines, tous décorés. C'était leur uniforme!

Le fabricant jetait feu et flamme contre le pouvoir personnel, et son libre-échange qui avait brisé toutes les navettes de Rouen à Mulhouse, détruit l'industrie française, uni les patrons et les ouvriers dans la même ruine.

Le vinicole, moins dur au traité de commerce, criait contre l'impôt, l'impôt sur le vin, trois impôts sur le même produit : le direct, l'indirect, l'octroi, etc. *Que vouliez-vous qu'il fît contre trois?* C'était à arracher la vigne, à semer la pomme de terre, à tourner la France en Irlande et les paysans en féniens.

Les deux conclurent d'accord : ça ne peut pas continuer comme ça. Il nous faut la liberté.

Le directeur des mines, un ex-saint-simonien de religion, ayant famille au boulevard, propriété à la Bourse et patrie en poche, approuva tout, défendit tout dans le meilleur des gouvernements possibles, traité, budget, armée, église, armée surtout ! Que devenir sans armée contre les brigands de Ricamarie?

En ce moment entra un quatrième habit, plus jeune, d'âge seulement, décoré d'un camélia, et revenant d'entendre Thérésa... Le fils du fabricant, petit crevé qui allait faire une fin : son père le voulait... Hélas! il était déjà fini! Ayant perdu toutes ses illusions et un peu ses dents, cœur et mine de vert-de-gris, mangeur d'argent et buveur de honte, il avait en vue une garde-malade avec une dot, la croix d'honneur et l'arsenic en perspective, des enfants sains, s'ils étaient à d'autres, morts-nés s'ils étaient à lui. Il allait se marier.

— Vous marier, monsieur ! s'écria l'optimiste des mines, vous marier, y pensez-vous? Il n'y a plus que le peuple qui se marie ! Et c'est le mal. La population croît plus que la richesse. Donnons le bon exemple au peuple! Dans ce monde trop plein, la mort est Dieu et César son prophète. Chassepot est le dernier mot de Malthus.

Là-dessus, je leur souhaitai le bonsoir. Je passai une mauvaise nuit. Et dans mon insomnie, je revis défiler devant moi, comme dans une danse d'Holbein, les ombres macabres que j'avais rencontrées de Boulogne à Paris.

Je revis d'abord le collégien, l'espoir de la France, le blé en herbe, s'imprégnant de jus de pipe et de morale plus infecte encore, recevant les leçons d'humanité, de fraternité, d'égalité et de liberté, tous les principes de 89, de la bouche même des précepteurs et instituteurs de Juin et de Décembre — A peine né, en uniforme ! Comment avoir un homme dans cet enfant tuniqué? Que deviendra personnalité, individualité, originalité? Mais l'originalité est un défaut en France. Que sera la liberté humaine dans ce moule? Va, jeune esclave, héritier de la Révolution, il ne t'en reste qu'une cocarde. Passe du confesseur au commissaire, du commissaire au recruteur, automate toute ta vie, du berceau au tombeau ! — Je pensai ensuite à la seconde enfance, à la vieille femme du temps passé, bonne pâte toute pétrie et confite en crédulité, prêtant à Dieu comme à César, avec la même sécurité.

Je pensai à ces soldats, les forces vives du présent, employées à quoi? à détruire. Je vis par toute la France deux hommes de vingt ans, deux hommes, plantes d'une culture longue et coûteuse, deux conscrits devant un magistrat et un médecin, le magistrat chargé d'administrer l'Etat, le médecin chargé d'apprécier l'individu, le magistrat et le médecin visitant, palpant, tatant les deux conscrits comme deux poulains. Numéro un, lurron carré, robuste, beau torse, beaux bras, belles jambes, créé tout exprès pour la production et la reproduction ! à celui-là, un fusil, et en joue feu ! Tue à droite, à gauche, père et mère au besoin, tu auras la croix et ton congé. Tu reviendras au foyer, désœuvré, désappris du travail et de ton métier, avec habitude de paresse et de vice, blessures de Mars, de Vénus et de Mercure, ces divinités de l'empire. Vieux soldat, vieille bête! Tu étais un des douze cent mille soldats, tu seras un des six cent mille fonctionnaires. Garde champêtre ou mouchard! avec ça et la croix, tu vivras. — Toi, numéro deux, pas de chance en venant au monde! Mal fait, infirme, gros ventre, cœur faible, ni bouche ni éperon. Toi, mon ami, tu ne vaux pas cher! Eh bien! tiens, voilà un outil et travaille pour deux... pour l'autre et pour toi! Ainsi, l'un chargé de travailler pour l'autre, et le plus faible pour le plus fort. Le produit de la faiblesse et de la misère chargé de la continuer et de la multiplier, double injustice, double absurdité, double néant!

Puis, je pensai à ces bons bourgeois, les obligés du peuple dont ils tiennent les biens nationaux acquis de son sang et payés de sa sueur, frères aînés qui devraient par intérêt, sinon par gratitude, être ses guides et non ses maîtres, incapables même d'une nuit du 4 août, ne voulant que droits sans devoirs, tout ou rien, chacun pour soi, se suicidant dans leur égoïsme fou, amis-ennemis de la propriété et de la famille, niant jusqu'au mariage, et invoquant la mort contre la vie. Enfin, je vis le conservateur de tout ce système sivaïque, l'homme du ciel, *ab Jove*, le missionnaire d'Issoudun, le mendiant de la vierge, le parasite œcuménique, bénissant toutes les autres chenilles qui déshonorent l'arbre du travail, le fruit, la fleur, la feuille, l'œil, l'écorce, tout jusqu'aux racines, et n'en laissent que le squelette. — Et je sentis que la vie de la nation était attaquée au cœur, à la source même, dans son premier élément et son groupe cardinal, famille et travail. Je sentis que la France avait porté vingt ans dans ses veines un double virus fatal, mortel; que, si le pape et l'empereur étaient malades, elle était mourante, mourante comme ses sœurs latines, l'Italie et l'Espagne; qu'il était temps de jeter le cri d'angoisse, de pitié, de mépris, de colère et de secours, le cri de Bossuet devant le poison : La France se meurt! la France est morte!

Je n'avais pas vu le peuple.

Le matin, en gagnant la station du chemin de fer du centre, je retrouvai le peuple de Paris, enfin! la réserve, les barbares, le vif de la France! Je le retrouvai comme je l'avais quitté, comme je l'avais souhaité, mieux encore, alerte, ardent, hardi, mangeant son pain quotidien, les journaux de la République, à la barbe des tyrans! Je revis la blouse, l'uniforme de la liberté!

Ah! ah! fis-je à mon tour comme les gendarmes. Tout n'est pas perdu! Je ne suis pas si pris! et le peuple pas si mort! Non, tout n'est pas si mal! Ni le soldat qui veut son congé! ni le bourgeois qui peut la liberté! ni le peuple qui veut Liberté, Egalité, Fraternité! Ceux qui restent comme ceux qui rentrent sont d'accord au fond : ça ne peut pas durer comme ça! C'est toujours le grand peuple de la Révolution!

J'arrivai ainsi à Vierzon. Là, maison vide et tombe pleine! un détail de décembre! Le deuil privé cédait à l'espérance publique. Je respirai! je saluai la terre des aïeux, la Delphes de notre France, cette France centrale au cœur de chêne, aux mains de fer, cette pure race gauloise, saine et sobre, douce et forte, faite de blé et de vin, les deux forces de l'homme, ce peuple vivant de la vraie vie, celle qui produit, qui élève, qui travaille et se marie : qui ne sert ni Dieu ni César, mais famille et patrie; ce peuple rétif à l'étranger, qui a résisté à César et produit le premier père de la patrie, Jacques Cœur, et le père de la langue, Rabelais; dont les femmes n'ont pas vu la fumée de l'ennemi arrêté à la Loire, après Waterloo, et qui en 69 comme en 48, a élu un ouvrier, Girault, faisant mieux que Lyon même, la ville du travail, et Paris même, la ville de la Révolution.

Je repris pied! Si j'avais désespéré de Boulogne à Paris, je repris courage de Paris à Vierzon. Comme Antée, je retrouvai ma force en touchant ma terre, et ma joie renaquit devant le grand fleuve national, au vieux nom celte, la Loire, qui baigne la France d'un bout jusqu'à l'autre, fleuve aux allures si françaises, clair et vif, comme le peuple, prompt comme lui, variant comme lui d'un extrême à l'autre, tantôt calme et plat, épars en mille filets trop faibles pour porter une barque d'enfant; qu'un enfant de France passerait à pied sec ou sauterait à pieds joints; mais aussi, en temps de crue, montant, noyant, débordant, emportant tout, ponts et quais et digues, palais, temples et bastilles, ayant la force élémentaire de son peuple, l'irrésistible force de la Révolution.

Ma joie revint tout entière.

J'avais vu le mal — je voyais le remède.

Le mal, je l'ai dit aujourd'hui : 13 juin et 2 décembre!

Le 26 octobre serait-il le remède? Je le dirai demain.

Vierzon, 10 octobre 69.

II

Le Remède

Contre *César* et *Dieu,* le peuple!

Contre les deux coups d'État de juin et de décembre, contre la tyrannie spirituelle et temporelle, quoi? L'opposition? Non, la Révolution!

Il faut, certes, que le peuple prenne soin de lui-même, qu'il applique le remède au mal, mal plus aisé à sentir qu'à guérir, et mal mortel s'il n'est guéri.

Mais quand et comment?

Par une démonstration, le 26 octobre!

C'est la question, question de vie ou de mort.

Il serait téméraire à moi, après vingt ans d'absence et quinze jours de France, de prescrire l'heure et le moyen. Il serait impertinent de l'oser à la place des conseillers du peuple, ses journaux ordinaires, et ses députés, frais sortis de l'urne.

J'ai cru à un danger, et je suis rentré. Je suis rentré à ma place, ni général, ni caporal, mais simple soldat de la France; comme La Tour-d'Auvergne, avec cette différence que je ne suis pas le premier.

Que mes amis m'entendent bien! Rien de changé. Il n'y a en France, non pas qu'un esclave de plus, mais qu'un soldat de plus de la liberté, rentré dans le rang pour suivre et non pour guider. Moins que personne, je puis faire appel ou commandement. J'obéirai.

Dans cette veillée d'armes, dans cette anxieuse trève qui précède l'action, je peux tout au plus offrir un avis. Nous sommes, juste, à ce point de danger où Rome voulait que chaque citoyen mît son cœur sur son front.

Donc, bien que je sois peu d'humeur expectante et pacifique avec le mal; bien que je veuille la justice dynamique, et le plus tôt possible; bien que je sente avec la même indignation le risque et la honte d'une plus longue temporisation; bien qu'à mon âge, et en homme qui a vu le premier Empire, je sois plus pressé qu'un autre d'en finir avec le second; bien que je sois revenu dans ce but; bien que ce mois d'octobre soit tentant, ce mois où les femmes même ont montré aux hommes le chemin de Versailles; bien que ce mois de la liberté et de la vendange ait mûri comme des grappes couronnes et têtes de rois; — cependant, ma raison maîtrise ma passion; et, malgré mon ardent amour du droit, dans ma sollicitude pour le peuple, je dois jeter à mon tour ce cri d'alarme :

Prenons garde au 26 octobre!

Le 26 octobre ne peut être le jour du peuple.

Défions-nous-en pour trois raisons :

La première, c'est que le peuple n'a pas affaire avec la Constitution de l'Empire. Le peuple n'a pas à défendre les libertés de l'Empire, mais la Liberté.

Le coup d'Etat a fait la loi de l'Empire. Le coup d'Etat la viole. C'est sa chose. Que le peuple se garde pour la sienne !

La crise actuelle est le produit fatal de la politique impériale et de l'opposition des irréconciliables *assermentés*. Après vingt années de démoralisation publique, sous le règne du faux serment, la France reste en face d'un maître à qui sa propre loi ne suffit plus, avec des députés liés à cette loi insoutenable, avec un peuple hostile à cette loi, qui lui a été passée au cou par fraude et par force.

Logiquement, il ne peut combattre pour ce collier. Que Baudin tombe contre l'empire, je le comprends... et je l'envie! mais qu'il tombe pour?... je ne comprends plus!

Les députés *assermentés* auraient soutenu cette constitution, c'était leur droit! ils auraient maintenu cette liberté, c'était leur devoir! Ils devaient se présenter en masse le 26 octobre à la porte de la chambre; protester contre l'infraction de la loi de 52; constater — que l'homme qui a violé le pacte républicain a violé aussi le pacte impérial; qu'il a violé une loi de plus, la sienne; qu'il ne peut régner avec sa propre règle; que le coup d'Etat est permanent, tantôt chronique, tantôt aigu, selon le besoin, mais endémique et constitutionnel; qu'il n'y a sous lui ni loi, ni ordre, ni paix possibles; que, tout fort qu'il est, le pouvoir personnel ne peut rendre le calme à la France troublée par son succès; que la société est sans cesse remise en question, à la merci des pures fantaisies du bon plaisir, au caprice absolu du despotisme d'un seul; bref, que, fidèle à son origine, l'empire doit vivre comme il est né, finir comme il a commencé, par l'arbitraire et le manque de parole, par une série continue de *merveilles* à l'intérieur comme à l'extérieur, à Rome comme à Paris...

Que les députés constitutionnels constatent cela, c'est leur rôle, je le répète. Cela s'ajoute au dossier du contumace de la haute cour, voilà tout! Mais que le peuple se tienne bien sur ses gardes! qu'il ne compromette pas l'heure de la justice par son impatience! qu'il l'assure par sa prudence, en restant calme dans son droit, en réservant sa force pour le jour de l'expiation, qui s'approche, mais n'est pas encore venu. Aux députés, l'opposition! au peuple, la Révolution!

Seconde raison: Cet accusé, ce condamné, à cette heure, a le gendarme avec lui. Il est prêt: il attend armé jusqu'aux dents. Taciturne, recueilli, chat de Décembre guettant sa proie sous la farine, sphinx nocturne dévorant qui ne le devine pas, malade faisant le mort, laissant tout dire pour prendre le droit de tout faire, résolu à tout, lié par rien, ni scrupule, ni remords, l'habitude!... Allez vous y frotter le 26 octobre! Rendez-vous donné par lui, lieu, jour et heure choisis par lui; question, position, précaution, toutes mesures prises par lui: — toute la force publique en mouvement, camps vides, garnisons pleines, recensement des amis, classement des fidèles, remplacement des tièdes, ministres à coup d'Etat, généraux à coup de main et préfets à poigne cachés derrière les autres, et l'impératrice dehors... sauvant la mise.

C'est un coup d'Etat préparé. C'est le coup d'Etat, non de l'empire, cette fois; c'est le coup d'Etat de la régence.

En matière politique, un fait vaut cent raisons: voyons! Il sait, il est assez historien pour ça, il sait que les régences en France, les régences de femme, d'étrangère comme est toute mère d'enfant de France, sont toujours des époques de troubles et de guerre: que la première régente, l'Espagnole Blanche, la mère de saint Louis, vit la révolte des grands féodaux et l'Anglais à Limoges; que la seconde régente, l'Italienne Catherine de Médicis, vit la Ligue, la Saint-Barthélemy et l'Espagnol à Paris; que la troisième régente, l'Austro-Espagnole Anne d'Autriche, vit la Fronde, la révolte des nobles et des bourgeois; et qu'enfin la quatrième et dernière régente, l'Autrichienne Marie-Louise, a vu la révolte du sénat et du corps législatif et le Cosaque à Montmartre.

Il sait que la régente Eugénie n'est pas moins Espagnole que les autres, et il veut qu'elle soit plus heureuse. Il sait enfin qu'elle se trouvera en face d'une démocratie qui n'a rien oublié et tout appris; et il prétend de son mieux lui assurer la place nette après lui. Je le crois malade, sans doute, mais pas assez pour avoir perdu connaissance. Si donc, il peut refaire un coup d'Etat sûr, énerver encore une fois Paris par une saignée salutaire, il renouvellera pour vingt ans encore son bail expiré; il repassera, sans peine, au Napoléon mineur, sa pourpre reteinte dans le sang du peuple. Il assurera la régence par une Saint-Barthélemy de patriotes; l'étrangère absente ayant tout le profit sans l'odieux de la chose en cas de succès; et, en cas d'échec, saine et sauve au dehors, gardant la tutelle et les complots de Boulogne et de Strasbourg.

De là, ce perfide et insolent 29 novembre substitué au 26 octobre.

J'aurais compris qu'il eût fermé le palais Bourbon, jeté les clefs dans la Seine et remis au-dessus de la porte l'écriteau de Cromwell : « Chambre à louer! » C'était force pure et digne d'un tyran de bonne foi.

Mais retarder seulement l'ouverture, la retarder d'un mois; c'est ruse; c'est piége; c'est excitation à la révolte. C'est un pouvoir fort qui tombe à la hauteur d'agent provocateur. C'est faire du Palais-Bourbon un immense kiosque. Prenons garde à cet énorme souricière. Laissons-la cuire dans sa blouse blanche jusqu'à ce qu'il reprenne sa blouse bleue de Ham.

Une insurrection, s'il vous plaît? — Passez, brave homme! on vous a déjà donné.

Bref, il a besoin d'une émeute : refusons-la ! Le peuple a besoin d'une révolution.

Troisième et dernière raison, la plus forte, la meilleure :

Il est prêt et le peuple ne l'est pas.

Assurément, toute occasion de ressaisir le droit est bonne, constitutionnelle ou non, et quand on le peut le faire on le doit. C'est le devoir. Mais, autrement, c'est faute. Robespierre dit crime. Toute révolution qui avorte accouche d'une tyrannie. — En effet, c'est de la bravoure de sauvage, de la bravoure complice de l'ennemi, de la bravoure plus que perdue, de la bravoure suicide ! — Prenons garde !

Sommes-nous prêts ? Non. Ne comptons pas sur l'imprévu, le hasard, ces faux dieux du désespoir. Ne comptons pas même sur l'exemple du passé : l'action révolutionnaire ne s'est pas exercée depuis vingt ans, et en octobre l'étudiant est en vacances. Nous n'avons pas même à cette heure la première condition de la force, l'union devant un ennemi compacte, armé, organisé, discipliné, disposant de toute la puissance régulière du pays : armée, police, justice, finance. Devant tout ce concours de forces obéissant comme une machine infernale au doigt et à l'œil du maître, quoi ? le camp d'Agramant ! sinon la discorde, la division ! Devant une armée, une horde! Divergence, si ce n'est contradiction : les chefs officiels, les députés, divisés, les uns disant : oui ; les autres : non ; les autres : oui et non ; les autres : ni oui ni non. Les guides naturels, les journaux, divisés de même. Conséquence : le peuple divisé aussi. Donc, faiblesse et désastre. Comme il arrive toujours faute d'union.

Question de tactique. Point de guerre sans armée! Point d'armée sans mot d'ordre ! — Pourquoi le prendre de l'ennemi ? Qu'adviendra-t-il si nous suivons les députés à la chambre ? La porte fermée, iront-ils à un autre Jeu de Paume, ou à la Mairie du dixième arrondissement, ou au Conservatoire des Arts-et-Métiers ? L'expérience a prouvé contre nous deux fois sur trois. Au lieu d'avoir un second Jeu de Paume, prenons bien garde d'ajouter au 13 juin et au 2 décembre un troisième et dernier jour néfaste, le 26 octobre.

Pourquoi ce 26 octobre ? C'est son jour et non le nôtre. Les révolutions ne se font jamais par ordre. On ne fixe pas les révolutions des peuples comme celles des astres.

Le peuple s'appartient. Nul Neptune ne peut dire à ses flots : *quos ego !* Le peuple se lève et se calme à son temps. Il le peut quand il veut, le 25 aussi bien que le 27.

Pourquoi donc le 26 précis, fixé par un député honorable sans doute, et courageux aussi, mais peu populaire et encore moins constant, qui s'est retiré après avoir attaché le grelot ? Prenons garde comme lui !

A quand alors ?

Quand nous serons prêts.

Et comment ?

En étant unis.

En imitant l'ennemi, en faisant comme lui, en choisissant notre heure, notre lieu et notre cause à notre tour. En nous ralliant tous ensemble sur un seul et même point. Non sur une question de forme vaine et vague, indécise et obscure, impériale et royale, qui fait doute et scinde l'attaque, et donne chance à l'ennemi de rester maître du champ; mais sur un terrain commun, solide; sur un principe sérieux, *vulgaire*; sur une question de droit, logique, intelligible, incontestable et, par conséquent, invincible, à la portée, dans l'intérêt et la conscience de tous ; sur la souveraineté du peuple, sur le vote universel.

Cent raisons ne valent pas un fait.

Or, l'histoire de notre peuple prouve par une série de faits irréfutables que le peuple ne fait jamais de révolution que sur un point clair et net, pur et simple, abstrait et dégagé de tout nuage et ambage ; qu'au contraire, il fait bon marché des chicanes et légalités, et ne fait des révoltes que sur des formalités.

En 89, le peuple, sur la réclamation des députés du tiers, fit la révolution au cri de : Vive la Nation !

En 1830, sur la réclamation des libertés publiques par les 221, il fit la révolution au cri de : Vive la Charte !

En 48, sur la réclamation des députés réformistes, il fit la révolution au cri de : Vive la Réforme !

Le 26 octobre 69, quel serait le cri du peuple faisant la révolution derrière les *assermentés ?* Vive la constitution de 52 ? Impossible.

Quoi donc, enfin ?

La position est fausse ; changeons-la.

La République a été tuée par la violation du serment. Elle ne peut renaître et vivre que par son observation. Nous invoquons souvent l'exemple du Jeu de Paume. L'histoire nous répond : *Serment* du Jeu de Paume. Point de liberté sans moralité ! Point de république sans contrat ! Point de peuple sans pacte ! Point de loi sans foi ! Point de vote sans conscience !

Que le peuple attende donc jusqu'aux prochaines élections de Paris, se recueille et se prépare à son tour !

Qu'il choisisse alors les quatre hommes les plus populaires et les plus énergiques, les plus *irréconciliables,* c'est-à-dire quatre candidats *inassermentés,* et qu'il les nomme quand même, une fois, chaque fois, résolûment, unanimement, obstinément, irrévocablement, de son plein droit de peuple souverain. La Constitution n'est plus. Il est le droit, il est le nombre, il est la force. S'il a le vouloir, il a le pouvoir; la dernière élection l'a prouvé.

Il est certes de taille à imposer son vote bon gré mal gré. Quand il se sera bien compté et monté ainsi par l'épreuve de l'urne, quand il sera sûr de sa majorité unie autour du droit, alors, ce sera son jour.

Qu'arrivera-t-il, en effet? Le pouvoir sera acculé, attendu à son tour sur le terrain choisi par nous, sur le droit de sa propre origine, sur le droit de vote. Et alors, l'un des deux : ou bien il casse l'élection, ou bien il l'accepte. S'il l'accepte, tout est dit de sa Constitution. S'il la casse, c'est lui qui s'insurge contre tous et contre lui-même. C'est lui qui attaque sans logique comme sans espoir. C'est lui le perturbateur.

Le peuple, unanime pour voter, sera unanime pour agir.

Il sera temps. Alors, massant tous ses cœurs, tous ses bras, se levant comme un seul homme, le peuple poussera de toute sa force, de son irrésistible force, ses quatre représentants contre les portes de l'Assemblée et de la Constitution; n'ayant qu'un mot d'ordre, droit! qu'un parti, France! Il aura raison de la violence et de l'astuce. Il rétablira la France sur sa base naturelle, la morale humaine. Enfin, il comptera une glorieuse journée de plus. Il aura fait la Révolution de 69 au cri du vote universel.

Et cette dernière révolution sera la révolution de la conscience !

Et j'aurai vécu assez! j'aurai vu réaliser ma parole à la Constituante contre la Présidence : Après la Convention, l'empire; mais après l'empire, la Convention !

Vierzon, 11 octobre 69.

RÉPONSE AUX ÉTUDIANTS

LETTRE N° 1.

AU CITOYEN FÉLIX PYAT.

Citoyen,

Je viens protester contre vos paroles au nom de la jeunesse dont je me fais ici l'interprète. Vous dites :

« Je revis d'abord le collégien, l'espoir de la
» France, le blé en herbe, s'imprégnant de jus de
» pipe et de morale plus infecte encore, recevant
» les leçons d'humanité, de fraternité, d'égalité et
» de liberté, tous les principes de 89, de la bouche
» même des précepteurs et des instituteurs de juin
» et de décembre. A peine né, en uniforme! Com-
» ment avoir un homme dans cet enfant-tuniqué?
» Que deviendra personnalité, individualité, origi-

» nalité ? Mais l'originalité est un défaut en France.
» Que sera la liberté humaine dans ce moule ? Va,
» jeune esclave, héritier de la Révolution, il ne t'en
» reste qu'une cocarde ! etc. »

Cette amertume me fait peine, citoyen, et de votre part elle m'étonne. Si c'est ainsi qu'en revenant à Paris vous avez jugé la jeunesse, je n'hésite pas à vous dire que grave est votre erreur. Plaignez notre impuissance, mais reconnaissez la force vive qui fermente en nous, et qui nous fait battre le cœur aux noms de Patrie et de Liberté.

Dans la situation difficile, périlleuse même, où se trouve en ce moment le pouvoir personnel, c'est à nous que la France doit confier son espérance, c'est en nos mains qu'elle doit remettre son salut, c'est-à-dire sa liberté. Un cœur fort bat dans nos jeunes poitrines ! Héritiers de la révolution, nous ne laisserons pas dépérir ce noble héritage. Il ne nous en reste qu'une cocarde, dites-vous, à qui la faute si ce n'est à ceux qui nous l'ont laissée ?

Et, du reste, dans le moment présent, que pouvons-nous faire ? On nous mutile, on nous écrase, on fait de nous des poupées ! La presse ? mais elle n'est pas libre. Le théâtre ? mais il est sous les verroux de la censure. On étouffe tout en nous, si ce n'est l'amour de la liberté, qu'on n'éteindra pas, je vous le jure.

On nous condamne au silence, mais nous savons par cœur les vers d'Hugo. On se passionne encore, mais tout bas. On n'est pas mort, on dort seulement ; vienne le réveil, et l'on se comptera. Nous, les hommes de l'avenir, nous répondrons alors. L'avenir est à la jeunesse, citoyen, et la liberté est à l'avenir.

On nous dit : Que faites-vous, esclaves ? Nous répondrons à ceux qui nous interrogent : Qu'avez-vous fait de 89, de 1830 et de 1848 ?

J'espère, citoyen, que nous aurons désormais une

voix et un cœur de plus pour nous défendre et nous aimer.

Paris, 18 octobre 1869.

Robert CRÉCY, étudiant.

LETTRE N° 2.

AU CITOYEN FÉLIX PYAT.

Citoyen,

Nous avons lu vos deux articles, et nous avons été heureux de voir votre confiance dans la jeunesse des écoles. Comme vous, nous souffrons le *Mal*; comme vous, nous attendons impatiemment le *Remède,* décidés à ne pas mentir aux glorieuses traditions de nos aînés de 1830 et 48.

Nous espérions dans le 26 octobre, et nous étions prêts. Que nous importait la Constitution? Nous ne l'avons pas votée; — nous ne reconnaissons rien des choses du 2 Décembre. — Contre les hommes du 2 décembre, un seul recours: la lutte à outrance; contre la force, la résistance; contre l'usurpation, la révolution.

Au nom du très-petit nombre d'étudiants qui se trouvent à Paris en ce moment, merci, citoyen, de votre généreuse initiative ; vous êtes venu en France à l'heure du danger, et vous avez la modestie de ne vouloir que suivre, quand, vieilli en défendant le drapeau de la liberté, vous pourriez montrer la voie ! Car ce ne sont pas ces phraseurs *assermentés*, ces irréconciliables d'occasion, qui se laissent payer et mettre à la porte, mais les hommes, comme vous, prêts à mourir le jour où il le faudrait, que nous suivrons.

Puisque toute manifestation est devenue impossible au 26 octobre, nous contenons notre impatience. Nous attendons encore. Mais soyez certain qu'au moment de la lutte, le vieux quartier latin se retrouverait tout entier.

Salut et fraternité,

T. GASPARI, Henri BAUER, Léo MELLIET, A. CALLET, E. MASSERON, Justin BACH, étudiants non en vacances.

Je suis heureux d'avoir provoqué ces deux lettres, brillantes comme l'éclair que le paratonnerre soutire du nuage.

A la première lettre, je réponds d'abord que son auteur, tout isolé qu'il est, m'oblige plus par son reproche que tous les signataires de la seconde par leurs éloges.

J'aime en lui cette jeune et vive colère, une garantie pour moi que, prêt à nous rendre la liberté, il saura mieux que nous la garder. J'ajoute que son impatience même du *Mal* l'a empêché d'attendre le *Remède* et qu'il confond le collégien avec l'étudiant. J'ai dit, sans doute, dans l'article : Le *Mal*, que « l'espoir de la France, le collégien, suçait deux

» poisons, la pipe du soldat et la morale du prêtre ;
» et qu'il perdait de son originalité native dans
» l'uniforme. » Mais, loin de *désespérer* de la jeunesse française, plein de foi en elle au contraire, j'ai dit dans l'article suivant : Le *Remède* « qu'une » raison de craindre le 26 octobre était l'absence » même des étudiants; » j'ai dit : *En octobre, les étudiants sont en vacances.*

Pour la seconde lettre, je dois reconnaître que j'ai été entièrement compris par tous ses signataires, les étudiants non en vacances.

Après ces deux lettres, ma foi dans les écoles est certitude ; elle égale ma joie ! Elle se change en assurance et reconnaissance.

Oui, j'ai foi dans les ètudiants comme dans les ouvriers du Cher, qui me disaient naguère : *Nous pouvons emprisonner les gendarmes, les mettre en prison et vous apporter la clef...* Comme dans ceux de la Haute-Vienne qui m'écrivent aujourd'hui même cette lettre :

« Citoyen, les ouvriers de Limoges vous offrent
» la présidence de leur banquet d'adieu à leur ami
» Perrin, rédacteur du *Journal libéral du Centre.* En
» agissant ainsi, ils veulent vous marquer leur sin-
» cère admiration pour le courage avec lequel vous
» avez supporté vingt ans les épreuves de l'exil ;
» vous remercier de n'avoir jamais désespéré de la
» France, et, loin de la patrie, d'avoir travaillé
» chaque jour à sa libération. Les ouvriers répu-
» blicains croient ne pouvoir mieux protester contre
» le Deux-Décembre qu'en acclamant, dès sa ren-
» trée en France, le citoyen énergique qui a créé et
» maintenu à Londres, au milieu de risques et de
» difficultés sans nombre, *la commune révolution-*
» *naire...* »

J'espère même dans la libérale et sage bourgeoisie qui m'écrit ces mots signés V. Hardy :

« Promenez-vous autour de Vierzon, monsieur,

vous reconnaîtrez le bienfait énorme de la division de la propriété; et, autant de propriétaires, autant d'amis de la paix. Prouvez-leur qu'ils n'ont rien à craindre pour les fruits de leurs épargnes; qu'en améliorant la condition du travail de demain, vous entendez respecter les droits du travail d'hier — et la France sera avec vous! La France aime la liberté et surtout le gouvernement à bon marché, ce qui n'est pas le fait de l'empire. »

Ainsi, la France entière, jeune et vieille, riche et pauvre, après vingt ans d'épreuves, en est venue à retourner le mot de la réaction contre la République et à dire aujourd'hui : *Tout plutôt que Décembre.*

Etudiants, ouvriers, concitoyens, merci de toutes vos lettres qui me rajeunissent et me prouvent que sur la Révolution vous êtes tous d'accord. Pour le reste, je n'ai pas plus mérité l'éloge que le reproche, et vous récompensez moins mon passé que vous n'hypothéquez mon avenir. Mais assez là-dessus.

Si j'avais désespéré de la jeunesse, serais-je revenu? Tout sacrifice veut la flamme et la vieillesse est cendre! Luther était jeune quand il réformait l'Europe ; Colomb jeune, quand il rêvait l'Amérique; Mirabeau jeune au Jeu-de-Paume; Desmoulins jeune au jardin du Palais-Royal; Barnave jeune sur la route de Verdun; Vergniaud jeune au dernier banquet de la Gironde; Danton jeune au tocsin de la commune; Robespierre et Saint-Just jeunes dans le panier de Thermidor!... Galilée, vieux et sage, trouve le mouvement de la terre et le renie devant l'inquisition. C'est son élève, jeune et fou, Vanini, qui meurt pour la vérité!

Je suis revenu, parce que j'ai cru au cœur de l'étudiant comme au bras de l'ouvrier, à ces deux forces irrésistibles de la Révolution, à la conscience et au courage de la partie la plus vive et la plus saine du peuple de France.

L'étude et le travail sont frères; frères inséparables, dans l'œuvre de la paix comme de la lutte. Amis, le travail vous sauve les uns et les autres de la corruption; la science en vous est jeune et la conscience est neuve! Le travail fortifie et l'étude purifie. Ce qui est pur est dur!

Donc, je ne doute pas plus de la conscience des écoles que de l'énergie du peuple, inséparables comme le bras l'est du cœur.

Non, non, je ne doute pas du quartier latin!

Je le connais, j'y ai passé comme vous! *J'y ai souhaité le beau trépas* de Béranger! Esclave comme vous, j'ai rêvé comme vous aussi la liberté dans ce Luxembourg où j'ai tracé sur un tronc d'arbre, qui l'a gardé peut-être, ce saint mot: République! avec mon canif d'étudiant. J'ai prémédité là, à vingt ans, mon toast à la Convention dans le banquet des écoles, sous le règne de Charles X. J'ai appris là notre *Marseillaise* de la bouche même des aînés qui ne sont plus, morts en la chantant, — glorieuse pléiade des jeunes martyrs du droit qui commence par Lallemant, tombé sous la balle d'un Bourbon, et finit par Dussoubs, dérobant à son frère, noble fraude, l'écharpe de représentant et l'honneur de tomber sous les balles de Décembre à côté de Baudin!

Que ces héros ne nous fassent pas oublier le plus digne, qui survit, Dieu merci! avec toute sa flamme, le Bayard de la démocratie : Armand Barbès! Notre exemple à tous : à nous, alors; à vous, aujourd'hui. Oui, votre modèle, le modèle et l'orgueil de la jeunesse de France, tant qu'il restera une France, une jeunesse ayant un cœur sous le soleil de Juillet.

Fils de bourgeois comme vous, lettré comme vous, riche alors comme vous, en son amour du droit, il sentit que cette bourgeoisie il la devait au peuple; que cette richesse, il la devait au peuple; que cette science, il la devait au peuple; qu'il devait tout à ce peuple qui avait conquis de son sang, sous la Révolution, et payé de l'impôt, sous la Restauration, les biens des nobles échus aux bourgeois !

Il comprit que l'habit devait sa laine au coton de la blouse ; que ce loisir donné par l'or et cette science donnée par le loisir, tout cela était dû à l'ignorance et à la misère du peuple ! Riche, il vit qu'il était responsable de la pauvreté des autres ; savant, qu'il était responsable de leur erreur ; actif, qu'il était responsable de leur inertie ! Il vit enfin qu'il avait des devoirs proportionnels à ses droits, que son privilége imposait son sacrifice, et il paya en gouttes de sang les gouttes de sueur !

Privilégié de la royauté bourgeoise, il descendit dans la rue pour le droit du peuple et tomba, sur le pavé du roi, frappé au front ! Relevé, pour être condamné à mort ; commué de sa peine, pour être exécuté jour par jour, pendant vingt années de cachot ; gracié de sa prison, pour se condamner à l'exil, jusqu'à l'heure du dernier combat, avec l'espoir et dans l'attente de finir comme il a commencé, par une balle, — voilà l'homme !

Etudiants, voilà celui à qui vous devez adresser vos lettres d'admiration et de reconnaissance ! Voilà celui qui doit vous inspirer et vous aimer !

Ouvriers, voilà celui qui doit vous présider et vous commander.

Rappelez-le par le vote. Je lui renvoie vos lettres. Je ne les ai reçues que pour lui ; que pour constater que vous êtes dignes de le comprendre, de l'imiter et de le suivre ; que vous entendez comme lui les devoirs avec les droits et que, si l'heure sonnait, vous sauriez, nous saurions remplir comme lui et avec lui le premier et le plus saint de tous ces devoirs !

Salut et fraternité.

FÉLIX PYAT.

Paris, 24 octobre 1869.

www.ingramcontent.com/pod-product-compliance
Ingram Content Group UK Ltd.
Pitfield, Milton Keynes, MK11 3LW, UK
UKHW020424230726
13925UKWH00004B/1594